Le garçon qui aimait les bananes

Texte de
George Elliott

Illustrations de
Andrej Krystoforski

Texte français de Brigitte Fréger

Éditions
SCHOLASTIC

Mathieu adore les éléphants et les crocodiles.
Il aime aussi les girafes et les ours polaires.

Mais de tous les animaux du zoo, Mathieu préfère les singes.

Mathieu se tord de rire lorsqu'il regarde les singes à l'heure du repas. Ils grimpent et font des culbutes, ils se chamaillent et se balancent, tout en dévorant des douzaines de bananes mûres.

— Pourquoi les singes mangent-ils tant de bananes? demande Mathieu à la gardienne des singes.

— Je suppose que c'est parce qu'ils AIMENT les bananes! répond la gardienne.

— Ah bon... réplique Mathieu.

Ce soir-là, Mathieu refuse de manger son souper.

— Pourtant, la pizza, c'est ton plat préféré, fait remarquer sa mère.

— Maintenant, ce sont les bananes que je préfère, réplique Mathieu.

— Je croyais que tu détestais les bananes, rétorque son père.

— MOI, J'AIME LES BANANES! insiste Mathieu.

Un peu plus tard, lorsque Mathieu demande à sortir de table, neuf pelures de banane gisent dans son assiette.

— Je crois qu'il se passe quelque chose d'étrange, déclare sa mère.

— Je crois que nous avons besoin d'une réserve de bananes, ajoute son père.

Au cours des deux semaines suivantes, Mathieu ne mange plus que des bananes...

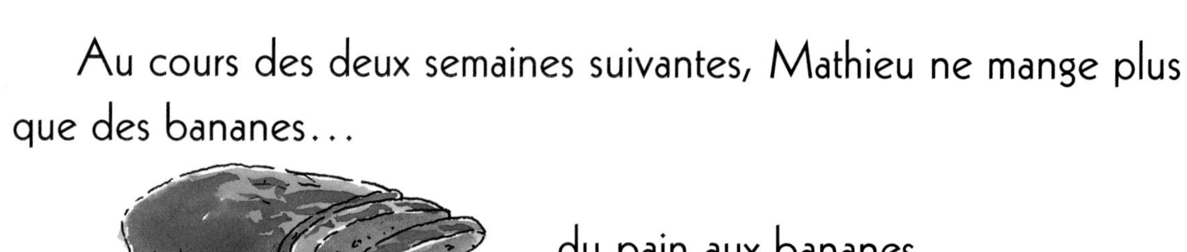

du pain aux bananes,

des muffins aux bananes,

des croustilles de bananes,

de la tarte à la banane,

des bananes royales,

des laits frappés à la banane,

du pouding à la banane,

du soufflé à la banane,

des tartelettes à la banane

et même des bananes sautées.

— N'as-tu pas envie d'un bon hamburger? lui demande son père.

— Une grande assiette de délicieux spaghettis, ça ne te tente pas? lui propose sa mère.

— ENCORE DES BANANES, S'IL VOUS PLAÎT! répond toujours Mathieu.

Un jour, lors d'une sortie au zoo avec ses parents, Mathieu observe les singes qui s'ébattent et se chamaillent, qui font des pirouettes et des sauts périlleux arrière. Il vient de finir sa quatorzième banane de la journée.

— Miam! s'exclame Mathieu. J'ADORE les bananes!

C'est alors qu'il ressent un petit chatouillement.

— C'est bizarre, dit Mathieu, en se grattant le fond de culotte. Ça me démange. Je ferais mieux d'avaler une autre banane.

Mathieu épluche et dévore en vitesse sa quinzième banane.

— Ça me démange encore, se plaint-il en se grattant la tête.

— Tu as peut-être une éruption cutanée, fait remarquer sa mère.

— Tu es peut-être allergique aux bananes, renchérit son père.

Mathieu n'arrête plus de se gratter.

Il se gratte la tête.

Il se gratte le ventre.

Il se gratte le dos.

Et il se gratte les genoux.

Mathieu a des démangeaisons et ne peut plus arrêter de se gratter jusqu'à ce que, tout à coup...

KABOUM!

Mathieu s'est MÉTAMORPHOSÉ en petit singe poilu.

— Ciel! s'écrie sa mère.

— Ça alors! s'exclame son père.

— HOURRA! hurle Mathieu.

Les autres singes sautent de joie et poussent des cris en pointant Mathieu du doigt.

Une foule commence à se former.

— Regardez! Un singe s'est échappé de sa cage! crie quelqu'un.

En quelques minutes, trois gardiens du zoo, munis de grands filets, entourent Mathieu.

— ATTENDEZ! crie le père de Mathieu. Ce n'est pas un singe! C'EST MON FILS!

— Votre fils? répliquent les trois gardiens en se grattant la tête.

— Vous devriez l'emmener voir un médecin, suggère le premier gardien.

— Vous devriez consulter un vétérinaire, conseille le deuxième.

— Vous feriez mieux de l'emmener chez un barbier, intervient le troisième.

— Nous le ramenons à la maison! rétorquent les parents de Mathieu.

Au cours des semaines suivantes, les parents de Mathieu consultent des spécialistes de toutes sortes, dans l'espoir que Mathieu redeviendra un garçon. Ils essaient...

l'hypnotisme,

l'acupuncture,

le yoga,

les massages de pieds,

la psychothérapie,

et même les bains de boue.

Ils consultent aussi sept médecins, six vétérinaires, cinq naturopathes, quatre chiropraticiens, trois dresseurs d'animaux, deux psychiatres et même un médium.

Tous parviennent à la même conclusion.

— Mathieu aime être un singe, déclarent-ils. Il cessera d'être un singe lorsqu'il le décidera.

Mais Mathieu veut rester un singe. Cela l'amuse follement de s'agripper aux barres de suspension, de sauter d'une branche à l'autre et d'escalader les mâts de drapeaux.

Les garçons et les filles de l'école se tordent de rire en regardant Mathieu faire ses bouffonneries.

Bientôt, tous les enfants de l'école commencent à dévorer des bananes au dîner.

Même le directeur de l'école s'empiffre de bananes en secret.

Par un samedi ensoleillé, en allant voir les singes au zoo, Mathieu et ses parents passent devant le pavillon des éléphants d'Afrique et aperçoivent un gros éléphant qui enroule sa trompe autour d'un arbre et le déracine.

— Incroyable! s'exclame Mathieu.

— L'éléphant d'Afrique est l'animal terrestre le plus fort de la planète, explique le gardien des éléphants.

— Vraiment? fait Mathieu. Qu'est-ce que ça mange, un éléphant?

— Celui-là raffole des arachides! répond le gardien.

— Ah bon... rétorque Mathieu.

Ce soir-là, Mathieu refuse de manger son souper.

— Je n'ai pas le goût de manger des bananes, déclare-t-il.

Les parents de Mathieu sautent de joie.

— Qu'aimerais-tu manger alors? demande sa mère.

— Du ragoût? suggère son père. De la lasagne? Du macaroni au fromage?

Un sourire malicieux de singe apparaît sur le visage de Mathieu.

— J'aimerais... DES ARACHIDES! s'écrie-t-il.